HENRI IV

A AMIENS.

HENRI IV

A AMIENS.

Par le Comte du PARC-LOCMARIA,

CAPITAINE ADJUDANT-MAJOR DANS LA GARDE ROYALE.

A PARIS,

DE L'IMPRIMERIE D'ANTHᵉ. BOUCHER,

SUCCESSEUR DE L. G. MICHAUD,

RUE DES BONS-ENFANTS, Nᵒ. 34.

1818.

Y+   (C.)

HENRI IV

A AMIENS.

Dans ce palais auguste où résident nos rois,
Henri-Quatre, vainqueur et rentré dans ses droits,
Se livrait au sommeil, bercé par l'espérance;
Mais toujours occupé du bonheur de la France,
La nuit il trouve encor son peuple, son amour,
Et rêve les bienfaits qu'il prodigue le jour.
Alors, un songe heureux lui montrait sa patrie
Retrouvant sa beauté par le malheur flétrie:
Les débris de la ligue à ses pieds abattus;
Les rois pour leur arbitre invoquant ses vertus,
Et confiant leur sort à sa noble franchise;
L'invincible union du trône et de l'église;
Ses travaux immortels, sa justice et ses lois.
Mais, au sein d'un repos payé par tant d'exploits,
Quel bruit vient le troubler? quel sinistre message
Vient éprouver encor son généreux courage?

Du rempart de l'état l'Espagnol s'est saisi.

La force eût échoué, la ruse a réussi :

Elle a surpris Amiens..... Une telle disgrâce

Du héros un moment semble ébranler l'audace;

Mais bientôt vers le ciel exhalant sa douleur,

Il offre au roi des rois les peines de son cœur :

« O mon Dieu! s'il est vrai que ta haute justice

» Pour prix de tes bontés demande un sacrifice;

» Si quelque grand malheur doit troubler nos succès,

» Choisis-moi pour victime, et fais grâce aux Français! »

Il dit, et sent déjà dans son ame guerrière

Le courage et l'espoir qu'inspire la prière.

Ses ministres bientôt sont mandés près de lui;

Le Roi, dans tous les temps, recherche leur appui;

Il aime à consulter leur zèle et leur sagesse.

Chacun d'eux a pris part au chagrin qui le presse;

Mais, soit prudence ou crainte, aucun n'ose songer

A reprendre la ville ou bien à la venger.

Tellio la commande; une puissante armée

Sous les ordres d'Albert, à vaincre accoutumée,

Est prête à soutenir les défenseurs d'Amiens.

La France est sans espoir, sans trésors, sans moyens.

Il faut savoir traiter quand on ne peut combattre :

Tel est l'avis de tous. « Amis, dit Henri-Quatre,

» Il faut savoir mourir. Vive Dieu! mes soldats

» Battent leurs ennemis et ne les comptent pas!

» Les Français n'ont point d'or... c'est du fer qu'ils demandent;

» C'est la voix de l'honneur qu'ils suivent, qu'ils entendent,

» Et tous lui répondront dès qu'il aura parlé. »

Sous l'enseigne des lis le peuple est appelé :

Tout Français est soldat quand son roi le réclame.

A la voix du héros la jeunesse s'enflamme;

Elle entoure le trône. Au seul nom de Henri ,

On voit les vieux soldats de Courtras et d'Ivri

Retrouver à-la-fois leur vigueur et leurs armes.

Amiens, sèche tes pleurs, dissipe tes alarmes !

En vain le fier Albert, au pied de tes remparts,

D'un illustre combat veut tenter les hasards;

Vainement Tellio, trahi par la victoire ,

Voudra sous tes débris ensevelir sa gloire :

Tous deux seront trompés: Dieu, la France, ton Roi,

Le panache d'Ivri va combattre pour toi.

Vois fuir à son aspect l'Espagnol intrépide;

Albert lui-même, Albert s'étonne, s'intimide.

Son courage a cédé; sa fortune a pâli;

Les ennemis du Roi reculent devant lui.

Tellio seul résiste : inutile défense !

Il succombe, et sa mort suffit à ta vengeance.

O moment fortuné! précieux souvenir

Que transmettra l'histoire aux siècles à venir!

Après l'avoir conquise, Henri sauva la France !

Amiens, de tes enfants retiens l'impatience :

Dans tes murs affranchis ton Roi va se montrer!

Vois au loin ses soldats si fiers de l'entourer :

Son superbe coursier bondit, semble connaître

Et respirer l'honneur de porter un tel maître.

Ses drapeaux triomphants, noblement inclinés,

Rendent grâce à la main qui les a couronnés.

Les vents avec respect agitent son panache;

Son front donne la vie au laurier qui le cache.

Près du Roi tout s'anime et parle, et semble avoir

Un cœur pour le chérir et des yeux pour le voir.

Cependant vers la ville Henri-Quatre s'avance ;

Il se fait précéder des soutiens de la France,

De ces guerriers fameux nés pour vaincre avec lui,

Montmorenci, d'Aumont, Lesdiguères, Sulli;

Sulli, ministre habile, ami tendre et sévère,

Le prince le chérit, la France le révère;

La cour connaît, respecte et craint sa probité.

Mayenne au premier rang se montre à son côté.

L'erreur les divisa, le devoir les rassemble;

Le peuple avec transport les voit marcher ensemble;

Il rend grâce à l'honneur , dont la fraternité
Unit le repentir et la fidélité.
Biron vient à son tour : une fierté sauvage,
Un orgueil inquiet attriste son visage ;
Il semble méditer ses plans ambitieux,
Et porter l'avenir dans ses traits soucieux.
Sur ses pas, sont du Roi les gardes immortelles ;
Henri les composa de ses guerriers fidelles ,
Ou de ceux qui , depuis, par leur franche vertu,
Ont expié le tort de l'avoir combattu.
On voit au milieu d'eux, Crillon et l'oriflamme ;
Sur le front du guerrier est peinte sa grande ame ;
Il est, comme Bayard, sans reproche, sans peur :
Son cri de guerre est France , et sa devise honneur.
Henri paraît enfin...... Quelle plume brillante
Pourrait peindre aux Français cette scène touchante ?
Ce n'est plus une ville en proie à la terreur,
Un conquérant armé de son foudre vengeur :
C'est le bon Henri-Quatre, un bienfaiteur, un père,
Environné , porté par sa famille entière,
L'objet de tous les vœux, des soins les plus touchants,
Mêlant des pleurs de joie aux pleurs de ses enfants.
Il voudrait leur parler , mais sa bouche est muette ;
Du trouble de son ame indocile interprète,

Vainement elle cherche un mot pour l'exprimer :

Le héros ne sait plus que sentir et qu'aimer !

Il lève vers le ciel une main triomphante,

Met l'autre sur son cœur : sa figure éloquente

S'embellit de l'amour de ses sujets chéris ;

Il n'a rien dit encore, et chacun l'a compris.

A son noble silence on répond par des larmes ;

Chacun veut voir son maître et veut toucher ses armes,

Baiser ses vêtements, l'assurer de sa foi ;

Et chercher le bonheur dans les traits de son Roi.

Mais le prince, au milieu d'une gloire aussi pure,

Pourrait-il oublier la main qui la procure,

Et que, si Dieu peut tout, sans Dieu l'on ne peut rien ?

Non, le Roi des Français est un héros chrétien.

Il ira sur l'autel déposer son épée,

Que la gloire illustra, que l'honneur a trempée,

Et, fils de Saint-Louis, offrir à l'Éternel

De ses nouveaux lauriers le tribut solennel.

On l'entoure, on le suit : l'armée, à son exemple,

Des louanges de Dieu fait retentir son temple.

Avec un saint respect, chacun voit ces soldats

Si valeureux, si fiers au milieu des combats,

Prosternés saintement devant leur roi suprême,

Par leur humilité prouver leur grandeur même.

Les anges ont béni ces cantiques pieux,
Et les accents du brave ont réjoui les cieux!
Cependant, près du temple, une foule éperdue
Attend que son héros reparaisse à sa vue,
Et consacre au plaisir la fin d'un si beau jour.
Le prince, en se montrant, répond à son amour.
Mais alors, devant lui quel vieillard se présente?
L'âge a courbé son front, sa marche est chancelante,
Et le travail d'un siècle a blanchi ses cheveux.
« O mon maître! à vos pieds j'ose apporter mes vœux,
» Dit-il : j'ai nom Mainfroi : triste, infortuné père,
» J'implore vos bontés au bout de ma carrière,
» Et viens faire parler mes malheurs et mes droits.
» J'ai vu mourir Louis-Douze et couronner François.
» J'étais avec Bayard lorsqu'il perdit la vie.
» Près du Roi chevalier, blessé devant Pavie,
» A Metz, de Charles-Quint j'ai soutenu l'effort;
» Jarnac et Moncontour m'ont vu braver la mort.
» Déjà votre valeur et vos conseils habiles
» Présageaient vos succès dans les guerres civiles:
» Je voulais vous y suivre et vaincre sur vos pas;
» Mais la triste vieillesse avait glacé mon bras;
» Il fallut lui céder: au moins, dans ma disgrâce,
» Je possédais trois fils pour combattre à ma place;

» Deux sont morts près de vous dans les plaines d'Ivri;

» Un seul me reste, hélas! trop tendrement chéri!

» Plaignez mes cheveux blancs, mon fils les déshonore:

» Sire, il était ligueur.... Que dis-je? il l'est encore;

» Il s'est fait de sa haine un cruel point d'honneur.

» Caché dans sa maison, et tout à son erreur,

» Lui seul ne prend point part à la commune joie;

» Mais, Sire, au nom du ciel, ordonnez qu'il vous voie:

» Un regard de son Roi lui rendra sa vertu;

» On ne peut vous haïr quand on vous a connu. »

Le vieillard a parlé : le prince le console;

Il a mandé son fils; l'on s'empresse, l'on vole,

Et le sujet rebelle est déjà devant lui.

« Français, dit le héros, est-il vrai qu'aujourd'hui

» Tu regrettes la ligue et voudrais me combattre?

» Mais Mayenne et Villars sont auprès d'Henri-Quatre.

» Les ligueurs te diront que leur roi désormais

» Ne combat ses enfants que par ses seuls bienfaits :

» Entre dans ma famille et veille à ma défense;

» Sois aussi de ma garde: à cette confiance

» Comment répondras-tu? — Sire, en mourant pour vous. »

Il dit, et de son maître embrasse les genoux.

Sur cet heureux moment pour lui si plein de charmes,

Le vieillard attendri verse de douces larmes;

De son fils repentant, par un dernier effort,
Il voudrait imiter le geste et le transport :
Son âge le trahit, mais son roi le devine ;
Vers le vieillard lui-même il s'avance, il s'incline,
Et remet dans ses bras son fils régénéré.
Heureux prince, ton cœur a toujours préféré
L'amitié des Français aux plus belles conquêtes !
C'est le signal des jeux, des plaisirs et des fêtes.
Il semble que chacun, comme le vieux Mainfroi,
Ait un fils à bénir, et qu'il le doive au Roi.
Le soleil disparaît, le jour a fui dans l'ombre ;
Mais l'art par son prestige écarte la nuit sombre,
Et la ville aussitôt brille de mille feux.
Le galant troubadour, le peintre ingénieux,
Ont uni leurs talents, et de nobles devises
Du héros béarnais peignent les entreprises.
D'autres, à ses guerriers présentant tour-à-tour
La palme de l'honneur, le myrte de l'amour,
Rappellent à chacun, par un aimable emblême,
Les grâces, les vertus de la beauté qu'il aime,
Les soupirs des amants et les exploits des preux.
Parmi tous ces tableaux, ces symboles heureux,
Un seul, plus indiscret, mais, hélas ! trop fidelle,
Célébrait le pouvoir, l'amour de Gabrielle,

Et mariait son chiffre au chiffre de Henri.

Le héros à-la-fois inquiet, attendri,

Soupire sa faiblesse, et pense que sa gloire

De son courage encor réclame une victoire.

Par une main habile avec soin comprimé,

Le salpêtre magique est bientôt allumé :

Il vole, brille, tonne, éclate dans la nue ;

D'un déluge de feux il éblouit la vue,

Présente en se jouant vingt spectacles divers,

Et sa flamme azurée illumine les airs.

A ces bruyants plaisirs ont succédé la danse,

Les concerts et les chants de la reconnaissance.

Les vieillards font partout l'éloge du vainqueur;

On l'écoute en silence, on le répète en chœur.

Tous, sans distinction ni du rang, ni de l'âge,

Ont béni sa clémence et vanté son courage.

Mais, hélas! tout finit, et le temps dans son cours,

Ainsi que nos chagrins, entraîne nos beaux jours.

L'Espagnol, revenu de sa terreur première,

Ose encor menacer : debout sur la frontière,

Il repousse la paix que le Roi daigne offrir.

Le Roi par sa valeur s'en va la conquérir,

Et par le noble accord du glaive et du génie,

Du joug qu'on lui prépare affranchir sa patrie.

Tout marche, tout conspire à cette illustre fin;

L'armée a devancé le retour du matin,

Et déjà, dans l'espoir de punir son audace,

Du Castillan superbe elle a suivi la trace.

Henri seul, au milieu des murs qu'il a vengés,

Des citoyens tremblant de ses nouveaux dangers,

Se plaît à retarder le moment de l'absence;

Mais il arrive enfin : les destins de la France

L'arrachent au bonheur dont il vient de jouir;

Il part, et, sûr de vaincre, il va les accomplir.

Sur les pas de son prince Amiens se précipite;

Il cherche, il suit de l'œil le héros qui l'évite,

Et croit le voir encor quand il a disparu.

Mais en perdant son maître, il n'a pas tout perdu :

Des bienfaits d'Henri-Quatre il garde la mémoire,

Et va se consoler en parlant de sa gloire.

Les moindres mots du Roi sont connus, répétés,

Ses regards sont traduits, ses gestes imités;

On se groupe, on s'assemble, et chacun se demande

Comment une bonté si touchante, si grande,

N'a point vaincu la haine, enchaîné tous les cœurs,

Et si la France encor peut compter des ligueurs?

www.ingramcontent.com/pod-product-compliance
Lightning Source LLC
Chambersburg PA
CBHW061445170626
46811CB00005B/2369